LE PORT

TÉMOIGNAGE D'UN CROYANT

PAR

Félix BON

« N'oubliez pas d'exercer la charité. »
(Hébr. XIII, 16.)
« Bien faire et laisser dire. »
L.-M.

Au profit des Pauvres. — Prix : 1 fr. 25 c.

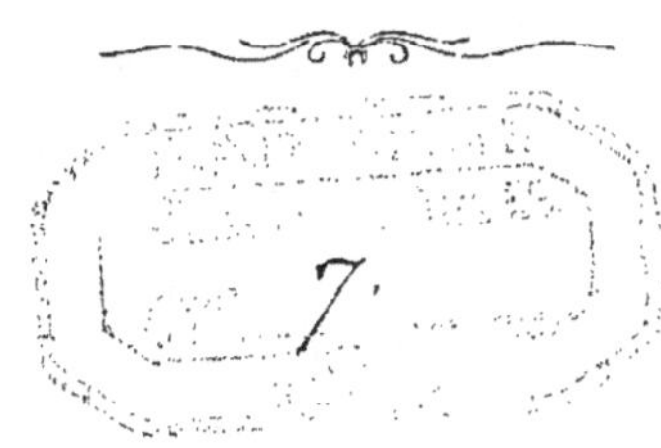

PARIS

3, PLACE DU VIEUX-MARCHÉ-SAINT-MARTIN, 3

BUREAU DE DISTRIBUTION

—

1869

Bien que cet Ouvrage, qui est proposé comme étrennes, n'ait pas paru dès les premiers jours de l'année, mais ne soit livré à la publicité qu'au mois de mars ; nous n'en espérons pas moins qu'il se trouvera, çà et là, quelque denier de veuve et quelque superflu du riche, pour contribuer à répandre une œuvre utile, destinée à relever les esprits abattus ; à raviver la confiance et l'espoir dans les cœurs affligés ; à raffermir les âmes déconcertées ; à réveiller les indifférents endormis ; à secourir les faibles, et à consoler les pauvres et les malheureux.

Comme premier appoint pour l'exercice de la charité, il sera laissé, à la disposition des bureaux de bienfaisance, ou de MM. les maires des localités où cet Ouvrage sera vendu, 25 °/o sur le prix total des ventes.

Adresser les demandes à M. le Directeur de la distribution de l'Ouvrage , place du Vieux-Marché-Saint-Martin, 3, à Paris, ou chez MM. les libraires.

LE PORT

Étrennes pour l'an de grace 1869

LE PORT

TÉMOIGNAGE D'UN CROYANT

par

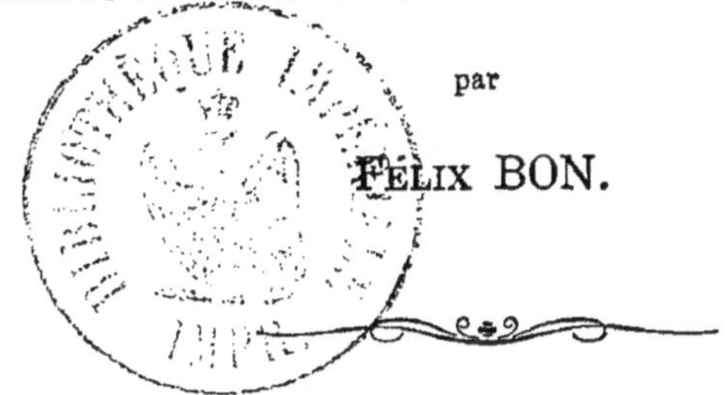

Felix BON.

« Maintenant ces trois choses demeurent :
» La Foi, l'Espérance et la Charité. »
(1 COR XIII, 13.)

Dédié aux gens de bonne foi.

PARIS

3, PLACE DU VIEUX-MARCHÉ-SAINT-MARTIN, 3

BUREAU DE DISTRIBUTION

—

1869

I

Autrefois, quand Ulysse, au rapport de la Fable,
Dut, en se conformant aux décrets du Destin,
S'éloigner, à regret, d'une épouse adorable,
Pour venger son parent d'un affront clandestin ;
Il obtint, par la foi de son auguste amie,
La vertu qui devait le ramener vainqueur,
Et lui donner raison, dans cette antinomie,
En lui faisant vibrer l'amour au fond du cœur.

C'est ainsi que, durant cette cruelle guerre,
Qui ruina, d'un coup, la cité des Troyens ;
Il fut tout inspiré de l'Esprit tutélaire
Qui lui fit concevoir ses vertueux moyens.
Aussi, déploya-t-il cette mâle sagesse
Qui le rendit, des Grecs, l'oracle et le mentor ;
Et qui lui mérita, par son heureuse adresse,
L'honneur d'être héritier du fier vainqueur d'Hector.

Lorsque après la victoire, Ilion fut soumise,
Et qu'Ulysse eut, en sage, accompli son devoir ;
Tout au fond de son cœur agit la foi promise,
Lui réveillant dans l'âme un vif et doux espoir.
. . . .
Mais les Dieux ennemis, l'accablant d'infortune,
Lui suscitaient, sans fin, des embarras nouveaux ;
Eh ! s'il ne périt pas sous les coups de Neptune,
C'est le fait d'un amour... beau !... parmi les plus beaux.

La chaste Pénélope, en son île d'Ithaque,
Soupirant jour et nuit, pleurait en l'attendant ;
Et, d'amants odieux, en repoussant l'attaque,
Déjouait les complots du rusé prétendant.
Sa conduite, ici bas, n'eut point de parallèle :
Seule, parant à tout, imposant au jaloux,
En priant pour Ulysse elle resta *fidèle*...
Le cœur clos et gardé pour son unique époux !

Si, malgré son amour quelque peu trop volage,
Cet époux, arrivant après vingt ans d'exil ;
Put retrouver, intact, son royal apanage,
Il le dut à *ce cœur*... féminin.... mais viril !
Celui qu'elle invoquait, au-dessus de nos têtes,
Dont l'ordre souverain est l'arbitre du sort ;
Veillait en protecteur et calmait les tempêtes,
Pour conserver Ulysse et l'amener au Port...,

De nos temps, le Marin qui s'en va dans le monde,
— S'exposant, jour et nuit, sur l'abîme des mers,
A toute la fureur et des vents et de l'onde,
Pour suffire aux besoins de ceux qui lui sont chers !
— Accoutumé qu'il est sur la plaine liquide,
Allant, court et revient chantant joyeusement ;
Et, tandis que, chez lui, chacun reste valide,
L'espoir est dans son cœur...... tout est contentement.

Il est vraiment si doux !... de trouver sa famille
Après avoir vécu dans le pays lointain ;
D'embrasser ses enfants et la femme gentille
Qui soupira !.... craignant un retour incertin.
Il est si ravissant de revoir la chaumière
Qu'on habita, jadis, pendant ses premiers ans !
Et de s'y rappeler l'espérance première
Qu'on avait, jeune encore... en méditant ses plans !

Mais, hélas ! le départ pour un autre voyage,
Vient troubler son plaisir et lui dire trop tôt !.
Qu'à de nouveaux écueils, vers l'étrangère plage,
Il lui faut s'exposer et s'en aller bientôt !..
Dès lors, autour de lui, la famille éplorée,
Du goût d'aller sur l'eau voudrait le désarmer ;
Et dit éloquemment, plaignante et timorée,
Ce qu'est l'inquiétude... et ce que c'est qu'aimer !.....

Ah ! dans nos basses mers, les eaux changent de face,
Et l'heure du bon vent ne dure pas toujours !....
Quand le Navigateur, pressé par la menace
D'un péril effrayant, invoque un prompt secours ;
Il tend les mains au Ciel et s'adresse à Marie, [1]
Afin, qu'intercédant, il ne succombe pas ;
Et qu'il puisse revoir sa famille chérie,
Au moins... une autre fois !..... en deçà du trépas.

Eh bien ! si l'affligé reçoit bonne réponse ;
C'est qu'en céleste lieu, d'où vient toute faveur,
Monte un vœu suppliant dont l'humble instance annonce
Un cœur sensible, aimant, fidèle .. à quelque cœur !...
. . . .
Alors, en sa bonté !... la tendre Providence,
Qui compte les soupirs... de cette âme en transport !...
Faisant trève au danger, décrète la sentence
Qui permet au Marin de revenir au Port !

---

[1] Voir, à la fin, la première note : et ainsi de suite pour chaque chiffre de renvoi correspondant au numéro de sa note.

III

Qu'en ce monde imparfait, saturé de misère,
Soit un Cœur.. ahuri... des abus et des maux,
Qui veut se consoler : dans sa douleur amère
Il se cherche un refuge au sein du vieux Citeáux.
. . . .
Mais là, même en dépit de sa foi diligente,
De jouir du bonheur il se trouve empêché;
C'est que, là comme ailleurs !.. quoi qu'il fasse et qu'il tente,
Le poursuit et l'atteint l'aiguillon du péché......[2]

Que si l'on peut trouver, sous la bure du cloître,
La paix de son esprit par la tranquillité;
Il n'en est pas moins vrai que, dans les champs, peut croître
La plante de la FOI..... vive de CHARITÉ.
Un arbre, dont la sève est pure et suffisante,
Qui naquit et vécut à l'air, en plein soleil;
Quand il put, du gros temps, soutenir la tourmente,
A tout autre peut bien.., au moins.... être pareil,[3]

Mais qu'une Ame... ici-bas, chaste, faible et craintive,
Qui ne peut supporter la tribulation ;
Voulant offrir au Ciel sa cantate plaintive,
S'enferme en un réduit par abnégation !
Il est attendrissant !.... glorieux et louable !
De voir ses faibles mains, lever haut le drapeau
De ses sublimes voeux... de l'espoir ineffable....
Et de l'ardente foi..... dont elle est le flambeau !

Ah ! quand l'opinion qui la raille et la fronde,
— Méconnaissant le prix de ses divins appas !
— Pousse le tourbillon qui fermente et qui gronde
A répandre le sang de ceux qu'il n'admet pas !...
Comment, en un clin d'œil, un souffle salutaire
Éteindra-t-il le feu du flot dévastateur ,
Compliqué de fléaux multiples, d'ordinaire,
Et que nécessita l'Esprit perturbateur?..

C'est qu'il est, tout là-haut, devant le trône auguste,
Au milieu de la gloire ! où siége L'ÉTERNEL ! ! !
Un Enfant, doux Agneau suppliant, saint et juste,
Qui, d'un *amour fidèle...* à l'Esprit paternel,
Offre à Dieu, *par le cœur*, l'encens pur de son âme,
En excellent parfum, en sainte oblation,
Qui, brûlant, feu sacré, monte, expiante flamme,
Au profit des élus......... de la bonne Sion.[4]

C'est que, pour accomplir et sceller tout mystère,
Il est, en bon endroit, un vaillant Séraphin,
Qui, prudent et *fidéle*... au très saint ministère,
Des maux de la nature annonce et voit la fin !.....
Qui veille au vrai besoin *de l'affligé qui pleure*,
Pour qu'un jour, en faisant un efficace effort,
Il soit digne d'entrer en céleste demeure,
Et se retrouve, enfin !.... dans le sein d'un bon Port.

IV

Si, portant nos regards sur la face du Globe,

Nous y considérons tous les peuples divers;

Nous les voyons vêtir l'honorifique robe

Dès qu'ils ont en horreur le manteau des pervers !

Ah ! — sans nous y tromper, — partout... c'est la CROYANCE,

Qui *dispense* les mœurs en imposante LOI !

Les degrés du savoir... et ceux de l'ignorance

Sont là..... pour *indiquer* le degré de la FOI !

Soit donc un Souverain... qui règne dans ce monde :

— *Son devoir est écrit dans le code sacré !* [5]

— Pour que, de ses sujets, l'ample soutien le fonde,

Il faut qu'en leur amour son pouvoir soit ancré.

Dans le sentier du vrai, dès qu'il va les conduire

Avec le soin qu'un père y met pour ses enfants;

Et que, de leurs devoirs, il sait bien les instruire,

Tous les efforts qu'il fait pour eux sont triomphants.

Bien loin de s'amuser à dévaster la Terre,

Il s'applique, avant tout, à discerner le Bien.

Souvent, pour éviter le fléau de la guerre,

En puisant dans son cœur, il y mettra du sien.

Pour qu'on puisse hausser les meilleures bannières,

Prudent, il va, du peuple, allégeant le fardeau ;

Et, quand il ne peut pas épurer les manières,

Il soupire... et gémit... derrière le rideau !

S'il consulte, à raison, l'opinion publique,

Pour manier, au mieux, un pesant gouvernail ;

Et savoir, comme il faut, régler sa politique,

Afin de maintenir le convoi sur le rail ;

Qu'il découvre, en cherchant, [6] la région polaire

D'où lui peut arriver le précieux secours,

Qui lui fera régir la force populaire,

Pour que tous soient comblés d'heureux, longs et beaux jours.

Veut-il réaliser, autant qu'il est possible,

Le progrès des bons arts, avec sécurité ?

Donner, à bon escient, s'il en est susceptible !...

A son PEUPLE, vaincu, [7] d'avoir la CHARITÉ ?...

Qu'il s'adonne, avec soin, à la noble culture

Du droit sain que prescrit la céleste ÉQUITÉ ;

Et qu'avec grâce, en brave, il endosse l'armure

Qu'impose, à tout CROYANT !.. la docte VÉRITÉ...[8]

Veut-il qu'un bon matin, la brise printanière
Vienne annoncer, à tous, l'aurore d'un beau JOUR?
Veut-il voir scintiller l'ÉTOILE matinière
Qui, du Soleil divin ! ! !⁹ nous prévient du retour?
Ah !... qu'il donne *son cœur*... au Maître des requêtes
Qui, de toute harmonie, aime à faire l'apport !...
Et qui peut, en calmant les eaux et les tempêtes,
Amarrer, sans retard.........son navire au vrai Port !.....

V

Enfin, la Nation... voulant ce qui doit être ;

Qui cherche les moyens de régler ses désirs

Pour que, dans le futur, un suffisant bien-être

Lui procure, en tout temps, de sains et vrais plaisirs,

Finit : — reconnaissant l'obstacle qu'elle traîne ;

Donnant *son cœur*... à Dieu ! dans la droite raison ;

S'affranchissant du faux... *libre de toute chaine*.....[10]

— Par cueillir de bons fruits... en leur bonne saison !

Oser ainsi parler à des contemporains

Pourrait bien offusquer quelques rhéteurs superbes :

« C'est là dogmatiser, » diront des puritains ;

« Nous avons, tant qu'il faut, de vieux et bons proverbes. »

J'en conviens... Mais, un mot, émis en nouveau jour,

Peut, en frappant l'esprit sous un rapport tout autre ;

Du sens qui le forma donner juste le tour,

Les deux bien fécondés, pour nous, et l'un par l'autre.

Soit exprimé pour ceux qui sauront me comprendre :
« *Quel que soit celui-là qui nous parle du* VRAI !
« *Tenons l'oreille au vent et cherchons à l'entendre ;*
« *La gangue n'est pour rien ; prenons le minerai.* »
. . . .
Et moi, — sans m'imposer, — continuant d'écrire
Un témoignagne sûr... je viens dire et redire :
« *Le Ciel vous avertit de regarder à* LUI !....
« *Écoutez l'humble écho qui résonne aujourd'hui !*..... »

« Si vous ne voulez pas, du rocher de Sisyphe,
« Supporter à toujours....... l'écrasante lourdeur !.....
« Évitez avec soin tout conseil apocryphe, [11]
« Et, dans vos intérêts...... modérez votre ardeur.
« Voulez-vous, *d'un cœur franc !*... dans une douce vie,
« Couler des jours heureux et jouir d'un bon sort?..
« Prenez-en les moyens... et, sans indigne envie !
« Conservez le VAISSEAU... qui vous conduit au Port !

« Que chacun marche droit en faisant son métier.
« Souvenez-vous qu'un jour, *à bord de sa nacelle,*
« Voguait, en sommeillant, UN HUMBLE CHARPENTIER;
« Et que ses compagnons, craignant l'onde rebelle,
« Crièrent tout d'un coup : » « Seigneur, nous périssons ! »
« Mais que lui, réveillé, mit fin à la tempête...
. . . .
« De même, croyez-le... SI NOUS NOUS UNISSONS !.....
« Le danger, *s'en allant*...... fera place à la fête.

« Nous souffrons !... Dieu le sait. Demandons le secours ;

« Adressons-nous à LUI, sans délai..... mais en crainte ! [12]

« Laissons à nos soupirs un juste et libre cours :

« IL n'éluda jamais la légitime plainte !

. . . .

« Ah ! si vous connaissiez le cœur de ce bon Père !

« Qui nous appelle à LUI d'un accent surhumain !

« Comme l'enfant contrit... sur le sein de sa mère ,

« Pleurants !.. tous... vous iriez pour lui baiser la main !.....

« Mettez-vous bien au cœur, pour le cas en présence,

« De marcher prudemment et de compter vos pas.

« N'opposons point à Dieu de vive résistance,

« Et pour l'amour de vous, surtout !... n'éclatez pas.

. . . .

« Il est, *dans l'avenir.......* [13] un but réjouissant.

« — Je vous l'ai dit vingt fois, dans un premier rapport ;

« Je le répète ici..... tout voix... et frémissant !.....

« — Ah !.... n'allez pas sombrer... en arrivant au Port !..... »

VI

Hé quoi !..... qu'avons-nous dit ?... Que dirons-nous encore ?...

. . . .

Si plongeant, de l'esprit, dans cette IMMENSITÉ
De l'espace et du temps que la mémoire explore,
Nous y cherchons un jour à la sécurité.....
Grand DIEU !..... fermant les yeux, assailli du vertige,
Transi, glacé d'effroi, le cœur tout morfondu !!.
Craignant que cet essor n'aboutisse au prestige,
Nous revenons à nous... consterné.... confondu !.....

Ah ! qui pénétrera les choses enfouies
Dans les plis et replis des faits sourds et latents !
Et qui saura sonder les hauteurs inouïes
Des Cieux... de l'étendue... et de l'œuvre des temps ?!..
Qui nous expliquera ces lois de la Nature
Gérant, de l'Univers, l'ensemble et les détails......
Afin de dissiper, dans cette conjoncture,
De l'obscur INFINI...... les noirs épouvantails ?!....

Qui pourra s'affranchir des atteintes du trouble,
— Incessant ennemi de toute âme ici-bas,
Qui, pour tuer l'esprit, se double et se redouble,
Tout exprès pour le perdre en d'éternels débats?
— Et saura nous donner, par la philosophie,
En contenant du FAUX... la fureur et le flot,
De l'utile SAVOIR une monographie
Pour énoncer, de TOUT !..... le sûr et dernier mot?!....

Quelqu'un émettra-t-il le précieux CRITÈRE
Capable d'éprouver, et produire en plein jour,
Chaque objet défini dans son vrai caractère,
Pour que l'illusion s'en aille sans retour?
Et que, désabusés des clartés séduisantes
Venant d'un jour trompeur simulant le parfait,
Ne nous adonnant plus qu'aux œuvres bienfaisantes,
Nous sachions vivre, aimer... et tout faire à souhait?!....

Dictera-t-on, d'en haut, la saine politique
Aux peuples suffisante en l'art de gouverner?..
Qui doit anéantir toute essence anarchique [14]
Et ne nous laisser plus mal et pire alterner?...
Qui puisse procurer, en complète assurance,
Paix et prospérité par la douce union;
Faisant qu'à l'avenir, dans la persévérance,
Tous !... avec liberté, soient en communion?!....

Qui déterminera le Dogme et le bon Culte [14 bis]
Qu'il nous faut, ici-bas, pour servir le vrai Dieu?...
Desquels, bien établis, soit acquise et résulte,
De tout devoir humain, l'observance en tout lieu?...
Et qui, nous révélant enfin L'ÊTRE SUPRÊME
Offrant aux cœurs... le sceau de sa paternité,
Fassent, qu'à son Amour... bien loin d'être en extrème,
Nous rendions tous... amour... pendant l'éternité?!....

Saura-t-on, quelque jour, dans l'ordre qui rassemble,
Agir pour s'entr'aider et s'unir *par le cœur ?*
Être en parfait accord pour aller, tous ensemble,
Adorer L'ÉTERNEL ! et le prier en chœur?!
. . . .
Mais qui?.... pour nous donner cette joie réelle,
Imposera silence, à toutes nos douleurs ;
Et, mettant l'harmonie en notre âme immortelle,
Fidèle ami de tous... essuiera toutes pleurs ?!....

Paraîtra-t-il, ici, dans la sombre atmosphère,
Celui qui tient la Clef de tout juste savoir...
Qui peut, ouvrant le Ciel, [15] désceller tout mystère
Dans la solennité d'un digne et plein pouvoir?...
Viendra-t-il nous conduire aux sources de la vie,
Nous apprendre à courir, comme aux ébats du sport,
Pour qu'en heureux vainqueurs, ayant l'âme ravie,
Nous puissions arriver..... dans le céleste Port ?!....

VII

OH ! que L'ÊTRE VIVANT dont parle Jérémie, [16]

Descende, en inconnu, jusque dans ces bas lieux,

Pour y communiquer une parole amie

Qui réfléchit la paix et le bonheur des Cieux.....!

Trouvant tout envahi par l'Esprit des ténèbres,

C'est à peine s'il peut épanouir son jour !

Car, de la fausseté, les éléments funèbres

Font obstacle invincible au plan de son amour.

« C'est l'Ennemi secret, dont Dieu seul voit la trame,

« Qui répandit le mal, accouplé de la mort.

« Pour vaincre le MALIN sans perdre la Nature,

« Le BON dut mettre en fait sa résolution :

.   .   .   .

« Le saisir... l'enchaîner... fut la solution.

« Il ne troublera point l'existence future :

« Le JUSTE !.... a triomphé...[17] par un suprême effort.

« Divin est le problème... et la fin ! clôt le Drame.

Ah ! pour en bien finir, il n'est point de passage
Où notre cher Vainqueur ne dut s'acheminer.
C'est que, de tous moyens... le moyen le plus sage
Est CELUI-LA qui peut... AU MIEUX... tout terminer.
. . . .

Nécessité cruelle !...... à quelle extrémité,
Du Prince de la vie as-tu réduit le but ?!...
. . . .

O Mystère d'amour !... — Secret d'iniquité. —
. . . .

Vous seul, PÈRE éternel !!!... savez ce qu'il en fut.

Voyez-vous ce désert, où, bientôt résumée,
Vint la VOIX... annonçant le Sauveur d'Israël ?...
Sentez-vous, dans ce bourg, la brise parfumée
Qu'y souffla le matin d'un saint jour de Noël ?
. . . .

C'est là... qu'il apparut, cherchant, sur la Planète,
L'Ennemi des humains, menteur et meurtrier ;
Là... qu'il vint accomplir l'œuvre de tout prophète,
Vivant de son travail, comme un simple ouvrier.

Incarné, sans éclat, pauvre et privé de charmes,
Il s'astreint à tout faire ; il mange du pain noir,
Qu'il arrose de sang, de sueur et de larmes,
Peinant plus qu'on ne peut et dire et concevoir.
Dans un langage ami, divin de géniture !
Pour arriver au but, s'il parle des vrais biens ;
Il se trouve incompris... accusé d'imposture....
Déclaré hors de sens..... même parmi les siens !.....[18]

Il n'est d'expédient, que l'Esprit du mensonge
N'invente contre lui, dans l'infâme attentat,
Pour que tout son travail s'en aille comme un songe
Et demeure, à jamais...... un fait sans résultat.
Mais, pour tous les esprits...... dans sa vive insistance,
Du VRAI, *toujours fidèle*... et juste inspirateur!..
En dépit de la haine et de la résistance,
Du rayon de l'ESPOIR... il est le Testateur!........

Tel on vit, dans le temps, au pays de Judée,
Celui qui vint offrir la GRACE et le PARDON,
Et qui, DU FOND MAUDIT LA COUPE ÉTANT VIDÉE,
Méconnu... délaissé... mourut dans l'abandon !...
. . . .
Puis... du CONSOLATEUR donnant le témoignage,
Il part... et, remontant vers les célestes lieux...
De sa FIDÉLITÉ... laisse le meilleur gage, [18 bis]
Pour aller bien aimer... à toujours... dans les Cieux !...

— Hé ! quiconque voudra me comprendre et me croire,
Alors que mon récit lui paraîtrait suspect,
Qu'il daigne ouvrir le LIVRE [19] où s'en trouve l'histoire :
Là... gît le fait divin, digne de tout respect.
. . . .
— Il monte donc... cherchant une terre meilleure,
Où des cœurs disposés, aimants et mieux instruits,
Sauront, de son amour..... profiter à bonne heure,
Et, du bon PLANT de DIEU, produire les bons FRUITS.

Disant à tous : « Mon règne est d'un plus heureux Monde..... »
Il s'élève jusqu'à cette Étoile de choix, [20]
Où le vrai bonheur croît, abonde et surabonde.
. . . .
Eh ! quel est-il Celui dont la si haute voix,
Crie : [21] « *Sachez aimer..... ainsi que je le sus ?!......* »
. . . . C'est JÉSUS ! ! !

Oui !... Jésus... le nouveau fils de Nun . . . .
Notre Libérateur ! triomphant de la Mort...
Qui va, le tout premier..... au séjour des Élus,
Leur en ouvrir le sûr... éternel... et bon Port !......

FIN

NOTES

(1) Nous disons que le Marin, en danger de périr, a recours à l'intercession de Marie, Mère du Sauveur. Nous parlons ainsi parce que nous écrivons en France et que c'est une coutume, chez les navigateurs français, de recourir à la Sainte-Vierge quand ils voient le danger de près ; mais nous n'entendons, d'ailleurs, imposer à personne une opinion quelconque, et, dans notre langage, nous nous servons des usages reçus, sous toutes réserves.

(2) Voir dans nos saints Livres, la première épître de saint Paul aux Corinthiens, dans le chapitre XV, les versets 55 à 57.

(3) Égal, valant autant, de même prix. Voir l'Évangile selon saint Jean, ch. XVI, v. 31 à 33.

(4) Pseaume LI. — Ézéchiel, XXXVI, 25-33. — Malachie, I, 11. — Jean, IV, 21-23. — Hébr. IX. — Éphés. V, 2, 25-27. — Tite III, 3-7. — Cant. IV, 7. — Rével. VI, 11. — VII, 14, 15. — XIV, 5. — XXI, 2-27.

(5) Pseaume II, 10-12. — LXXII. — CXLVIII, 11-13. — Prov. VIII, 1, 18-36. — XVI, 13. — XXV, 2. — Ésaïe, XXXII, 1-8. — Rom. XIII. — Colos. IV, 1.

(6) Prov. VIII, 17.

(7) Vaincu ne doit s'entendre ici que d'une victoire intérieure ; vaincu moralement, par l'amour, la générosité et le dévouement héroïque de celui qui le gouverne et qui parvient à se l'assujétir par le cœur, à se l'attacher par les liens de la reconnaissance et d'une inviolable affection.

(8) Ps. XCI, 4. — Prov. XX, 28. — Jean, VIII, 32. — 2 Cor. XIII, 8. — Éph. VI, 14-17.

(9) De cette lumière éternelle qui régnait avant l'obscurité, la perturbation et le désordre qu'a produits l'influence des ténèbres par le mensonge, le faux et le mal. — Ps. LXXXIV, 11. — Malach. IV, 2. — Jean, VIII, 12.

(10) Jean, VIII, 31-32.

(11) Apocryphe : pris spécialement dans le sens de suspect, faux, trompeur, dangereux, traître, qui égare et perd.

(12) Non avec la crainte décourageante et mortelle de n'être jamais exaucé ; mais avec cette crainte respectueuse, naturelle à tout aspirant qui veut obtenir un avantage, une faveur dont il fut jusque-là privé, qui pourrait lui échapper en passant aux mains de quelqu'un plus vigilant, plus digne et plus heureux, et qui doit, conséquemment, d'autant plus redouter l'incertitude d'un *fait* qui n'est pas consacré d'une manière irrévocable et absolue, que ce fait a, pour lui, une importance et un prix plus grands !

(13) I, Cor. II, 9.

(14) Daniel, VII, 27.

(14 *bis*) Nous sommes loin de vouloir dire que personne ne connaît Dieu, et qu'il n'existe, nulle part, ni foi ni culte conforme à l'ordre divin ; mais nous reconnaissons l'utilité d'un dogme et d'un culte suffisamment purs, qui, ne laissant plus subsister de contradiction, puissent devenir universels et ramener tous les esprits à l'accord parfait d'une harmonieuse unité, parce que Dieu est UN !!!

(15) Apoc. III, 7.

(16) Jérémie, XXIII, 5. — Ésaïe, IV, 2. — XI, 1-5. — XL, 9-11. — Zach. III, 8. — VI, 12. — Jean, I, 45.

(17) Apoc. I, 18. — XX, 1-3. — 2 Pier. II, — 4. Jud. 6.

(18) Jean, X, 20. — VII, 5. — VI, 60-66.

(18 *bis*) Saint Jean, XIV, 15-21. — XV, 26. — XVI, 13. — XX, 21-23. — 1 Jean, V, 6. — Act. I, 8. — II, 1-11.

(19) L'Évangile. — Jean, X, 25, 31-42.

(20) Saint Jean, XIV, 1-3. — XX, 17. — Actes, I, 9. — 2, Pier. III, 13. — Rév. XXI, 1-6. — XXII, 16.

(21) Jean, III, 14-17. — XII, 32. — XV, 9-17. — XXI, 25. — 1 Jean, IV, 7-12 et 19.

L'Évangile, annoncé par le Christianisme depuis dix-huit siècles, est la haute et retentissante expression de la parole de J.-C. dans le monde, l'écho de sa divine et grande voix.

Saintes, typographie P. ORLIAGUET.